太原千佳子詩集

エリザベス

詩集　エリザベス＊目次

詩集　エリザベス

I

エリザベス

ランズ・エンドにて
4行詩・シークェンス

ピカソが描いた南仏の女のうるむ目で
骨太さと　サンパティックな人柄で
彼女は私のゼミメートだった　青の時代を
踏み迷い　クリエイティヴ・コースにいた

休み時間になると　立て続けにタバコを吸いに行く
キャンティーンで　イギリスの薄いコーヒーに
食器洗い機のすすぎ水[*1]とあだ名をつけた

合言葉は「ウオーター　買っておいて！」

フランスにはフィニステールがある
日本でそんな地名を知らない私を誘う
イギリス・コンワル[*2]の地の果てへ行こう
アーサー王の城ティンタージェルを歩こう

ヒースの紫の花野は　茨の野だと知るため
泥炭の荒野は　人生の足首を鍛えるため
陸地が白亜の断崖に墜ち込むと　中空から
鋸状に突きだす岬に　王城は梁をまだ保っている

＊1　ディッシュワッシャー・ウオーター
＊2　コンウオール　大学生が使う現地の訛り

＊

王の産屋　王座の間　騎士の広間
岩石の遺構は　岩の感触が見た目に柔らかく
つい前世期まで王の家族が住んでいたようで
エリザベスが信号を送る　ＳＶＰ　シル・ヴ・プレー

このあたりにアーサーの子孫たちがいる
シャンディ＊何杯も飲んで　運転する過剰な自信
さわれば弾く激しい生き方　クロベリー村の丸石畳を
波打ち際に降りて　濡れた栗色の髪の毛が
細い首筋にまとわりつく　あなたこそケルトの娘

呼び出された私たち　這い上がった二段ベッドで
眠れずに　闇の荒野へさまよい出て　朝露に濡れそぼち
たどり着いた白亜の断崖の上で　スプリット！

手の平を翻す「白紙よ　白いスミレみたいに」
「ノン！」は直ちに来た　翻しても何も始まらない！
わが門に立て！　ヤーヌスが言う　結論へ急がず
恋と失恋と　同時に正反対に顔を向けて書け！

＊　シャンディ　ビールをレモンスカッシュで割る飲み物

＊

「地の果て」を打つ一念で　走ってくる波
「地の果て」から引く一念で　走り去る波
キャッスル・ベイの中で　逆流し合う大波こそ
ヤーヌスの顔貌を刻む　ほら　ディラン・トーマスの

白馬の群れが　追い詰められ　馬群総立ちで
怒濤の青から　白いたてがみを振り立てる
海の果てしない近景に　遠く衰えない王国の
勢いが沸き立つような寒流が寄せている

海の情熱に乗ろうとした私たちを　海は
Once upon a time*　波頭を越えて進ませ
Once below a time*　未生へ滑り落とす
やり直せない人生に　浮力をつけて　巻き返し

逆らえば　耳を聾する静寂を砕く！　ふたり付け合う
オクシモロンで　ランズ・エンドの海がふさわしい
この時しかない時を終わらせて　長引かせ
ヤーヌスのインク壺から　ふたりレポートを書きあげる

＊　ディラン・トーマス

りんごをかじる……エリザベス

彼女は　人生を持って　そこに来た
人生の曲がり角がそこかどうか
彼女の人生を　私は知る由もなかった
彼女だって　私の人生を知る由もなかった
それで相手が話し始めると　静かに耳を傾け
素朴な質問を　首を傾けながら発して
相手が口ごもってから
ぽつぽつと話し始めるのを　忍耐強く待った

朝　部屋を出るときに
ジーンズのつなぎのポケットに　突っ込むリンゴを
ズボンの膝の上でこすって
カリリとかじるときに
甘いジュースがじわっと出るように
相手の話が　りんごにかみつくのを
信頼して待つ時間は　お互いにあった
そのころ　相手を待つのが　友だちだった

エリザベス　ハンカチ落とし

1

彼女はそこにいた
私に曲がり角を用意して
彼女自身　それをいつ知っただろう
あまりにも親や　姑やの言いなりだった人生を
聞き出すことで
驚きの鏡の中に　私を映して
マイ　ウェイを　歌った

何も言ったり　批判したりせず
気づいたら　曲がってもいいのだと
手を貸しているとも知らず
彼女は　自らが進む苦しい数夜を
私とともにいた

彼女は
曲がり角とのちに呼ぶことができた場所で
鏡であることに徹し
ランズ・エンドの断崖を背にした
彼女が立てばランズ・エンドだった
キャッスル・ベイの波のように
立ちすくみ

彼女が道なのではなく
私が道であることを　知った
お互いに　道を作る力を求めて
ゼミに参加し　だから出会ったのだ
それが　文学の勉強が　私たちに用意していたものだと
互いに地球を半周して
ハンカチ落としの鬼のように
互いの後ろに　落としあったものを
黙って拾って
傷つけてない？　聞きあう気遣いに支えがあった

2

洗わせよう傷口　私が言うと「私たちの　ですって？」
とっさに彼女の言上げを喰らう　私には翻す手がないのを
見ぬいてしまったエリザベス　恋愛は始まる前に
野合だと拭き取られ　大学院を出してもらって

代わりに　さらなる自由を親は認めなかった
結婚に追い込み　式を早めてまで許さず
親は　世間へのメンツを保った　娘は嫁に出すと
理想など語らせずに　落ち着かせると

「あなたの理想は　考えが違います。
結婚は　親がさせるものです。あなたが自分で
するものじゃない。間違えちゃいけませんよ」
父の言葉は　立つ瀬もないところまで私を追い詰めた

結婚や生活に　ヴィジョンがはっきりしている方が
Ｇｏの力を持っていた　私にはヴィジョンがないどころか
ミッション・スクールで育ち　修道女という人生しか
お手本はなかった　結婚は敗北と負け意識の二重の貶め

＊

娘にすでにどんな生涯が芽生えているかを
親は知らないで　他人に渡した　Ｗｈａｔ！
恋愛したことないの？　エリザベスの眼が
ガラス球のように　透きとおって　私を見つめる

結婚と言えば姑　勉強だけで大学院を出た嫁の私を

姑は上品ぶった否定の手の下に置こうとした
「私がそれで生きていけるとお思いですか?」
エミリ・ブロンテ「ジェーン・エア」の中の

小さな家政婦のセリフを　人生で試すときが来て
抵抗と服従に躊躇いがなかった私は　結婚前の自分を
はがされた分を　ジェーンのセリフで　新しい自分に
未知の時間として　限りなく着せかけた

ああ　夏だというのに　わたしは身震いして火照る
人生が見えて閉じる　暗いフランスの目が眩しい
そういう目に合うとは知らずに来て　エリザベス
肩を抱き合って　ランズ・エンドの頂きを降りる以外に

人生を考えるレッスンを　あらゆる抵抗を覚悟して
新しいライフステージで展開できるはずだった
人間を　男を　けっして愛さない覚悟の抵抗の前に
予期せぬ　大人なら予期できる出来事が始まった

3

「地の果て」の亀裂の行方を支配した　魔法使いマーリン
その洞窟へ　王権を内陸へ浸透させた
「かつての王にして未来の王」
王マーリンに出会うために　私は長く彷徨った
「禁じられていないことすべては　義務である」

洞穴の入り口に掲げられた　マーリンの箴言が
禁じられていることは　未来への希望であると読める
二重に鎖で巻くマーリン　義務を禁忌で語り続ける

破婚はなんであるか　すでに禁じられている罪であるなら
ストーン・サークル　巨岩を立てたのは禁忌を守らせるため
岩肌から日の温もりを呼び出し　自分を婚姻の捨て場にして
禁じるエネルギーを岩に得て　アーサー王の伝説の道を行く

青年時代のダンスターへ　八角形の馬繋ぎを
破婚を念じてめぐり　父の祈りと反対に巡りめぐり
禁じられた破婚を　すでに自らの足で踏みにじって
蟻　あり　アリの　行列の一匹のように人生を捨てていく

マーリンの答えが言い当てた　大した人生じゃない
マロリーのキャメロット　チェスターからケーレオンへ
彷徨は無事に疲れ果てて　ローマ人の円形劇場へ
後年息子と訪れたとき　土塁の上に最後の膝をついた

土の粒子の柔らかさは　匂い立つ艶めきに満ちていた
土の精気で生きる道が見えたとき　理不尽なマーリンに惹かれ
父の理不尽を跳ね返せなかった　すべてを投げ出し
立ち上がるためにある絶望に気づかず　膝をついた

父とマーリンはおなじだ　理不尽を嫌と言わせない
ローマ人の教会ストックポージ！　グレイのエレジーを
イチイの木の影で読む　丘を巡り　次々に昇る羊の群れ
近づく鈴の音は遠ざかる寂しさを連れて　近づく

行かないで　カーフュー　鐘が鳴りだす　夜を
禁忌にするケルトの黄昏の鐘　誰も出てはならぬ
闇を歩いてはならぬ！　わたしも今夜
禁忌の下に置かれて　安らいでいる

4

ある日は　ロチェスター城からカンタベリー寺院へ
日本語の翻訳の貧しさ　滑らかさを取れば　と恐れがわく
現前の　実のイメージを　ボロボロ取りこぼすのを
目撃して　歩く　ののしる　ののしり続ける

ああストーン・サークル　言葉を超越した巨大な石の
安らぎが　沈黙が　温かさが　うねる豊かな平原で
ウェールズへ募る憧れで　私に賭けをさせる
カーディフへ行って破婚をあきらめ　あとは父の人生に従う！

永遠なれ　アーサー　カモメが歌う　騎士の物語
日本人には勉強して終わる　エリザベスには先がある
アーサーのレジェンドを生きて　恋に傷つき恋を重ね
闇に身をさいなみ磨く　磨く目的が何に対しても持てない私

ホーリー・グレイル聖杯を仰ぎ　サー・ランスロットが泣く
その悲哀を引き継いで　今なら聖なる騎士とともに泣ける
人間らしい罪を犯した男よ　騎士ゆえに永遠に輝く罪！
禁じられていない人生を！　マーリン　義務だけでない人生を！

目隠しのケイスメント（角窓）で老残を隠しつつ晒す
レジェンドの栄光のために　不滅となる不穏な情熱
エリザベスが断固言う　アーサーと　グィネヴィア妃の間に
不倫の影が落ちなかったら　世界はこんなに浄化されない

浄化は私のためじゃない　と言って　ふいに頭が立ち割られた
婚姻の秘跡というのを思い出す　秘跡を受けていなければ
浄化されねばならない　野合以下の異邦人の婚姻
浄化という言葉にさえふさわしく　私は生かされなかった

この婚姻の形は　理想を外されていると気づいて
拒絶したのに　親には聞いてくれる余裕がなかった
バッド・マザーの罠だと　後日　気づいたときは

すでに息子がいて　破婚はないと見透かされていた

*

親には免罪符　子供の為というのがある
子供は　親にしてもらうのだから　文句は言えない
異邦人の親の子私は　キリスト教が振りかざす権威への
反逆もあって　親の免罪符で　生きようと思う

それしかない　親が　私の人生をリヴェンジせよと言っている
エリザベス　明日飛行機に乗るあなたが　語らなかった恋人は
どこにいるの　騎士が恋人であるかのようにレジェンドを語り
ヨーロッパ人と同じ涙を流させた　エリザベス・クローゾン

イギリスのカモメの鋭い鳴き声の下で　私は十分つぶれた
カモメに「悔しい！」と叫ばせて　人生を生きる
セットした両親が　熱心に実践する神道の唱え事などの
周りを巡りつつ私はひとり　常に地の果てに立つ

VOYAGE～ロンドン

返信　おまえの名前はわたしの叫び
　一通の軍隊
乱射するものが　私の心臓を射抜いた　と
１９XX年9月X日　ロンドン　去る朝も霧

オータム・ヘイズに濡れるギャトウィック空港
水たまりに墜ちている自分の影を拾ってゲートへ
これからチェックインしますと書く絵葉書に
地球という星の民から一人を選ぶ文面は

巡り合った幸せを
仮定法過去完了形の動詞の語尾を
余白に入りきらないくらい省略しない

ターミナルビルの大きな窓ガラス越しに
雲また雲の向こうへ投函すれば
JUST　A　WORD　OF　LOVEは
重い挨拶
散弾銃のように　あなたから攻撃を受けるだろう

コンワルに住んで　よく食べたわ
コーニッシュ・パイ
あなたがではない　みんながだれでも　私も
好きな郷土料理にしたかったから

求め合って　触れ合って
真冬の　ソウルメイト
熱いパイの包みを　コートの下に抱いて歩くと
いつも満ち足りる予感があった
一時帰国するときだってそ知らぬふりして
行きずりにパイの店に入るように
長いパッセージを歩いて　次はないと思う
この国を出るには　これしかない

Ⅱ

あじさい

冬のあいだも枯れ葉に未練を残す
あじさいの枝先
もう新しい枝の芽が
花の芽を育てている
夢豊かなあじさい

六月の雨は季節が
夏へ急ぎすぎないように
おさない花にやさしい
風は露をふりこぼし

花の房を支える

あじさい　きょうは
どんな憧れに近づこうと
花房の片隅を染める
あちらの庭で　こちらの公園で
いまはみんな途上の色

問いに問いを重ねる
まっすぐないのち
あしたはもっと花になる
薄い青から赤紫に
あなたの目の中へ　わたしの手の中へ

＊　池辺晋一郎先生が、「せたがや歌の広場」で作曲してくださった。

夕暮れ　その1

欧州に根付いた息子の家に　長居はしない
ウェールズ大学に助手の職を得て　カーディフに住む
子育てに熱心な息子の　まぶしい変化を遠目に
私も環境と人間関係で　新しく自分を試す

息子は　朝は子供たちを学校に送り　夕方は仕事が終わって
迎えに行き　夕食後は　夜のクラブ活動　サッカーやテニス
土曜日はブリュッセルの日本語学校
たまに私も父兄になって　現地校のクラブの試合の応援

フランドル語　ここの国語の勉強　アルファベットから
文法やスペリング覚え　会話の練習　宿題　しみ込むまで
日本語学校の家庭学習　日本に行けば役に立つとは気長な
漢字の読み書き　計算の練習　九九

息子を中心に孫二人の集中力の磁場　夜のテーブル
たまに私も幼年学校の送り迎え　冬は朝暗いうちに
帰りは眠っている孫をバギーで「おりまーす」現地語で叫ぶ
バスを降りると孫は目をぱっちり　リッデルストラートだ！

無事に帰ったことを喜ぶ　孫だってさぞ不安だったろう
日本人の祖母に連れられ　いじめにあわなかったかしら
日本人だから出来る息子と孫たち　どこでも誇り高く

スポーツに打ち込み　毎週サッカーの試合

テニスの試合　私は応援にティームになじみ　ハイタッチ
次の日はひとり飛ぶ　ブリストル空港　途上の丘へ
いつ降りても　旅の空から緑の田園バターカップの漂う野へ
ワーズワースの詩こそ　教科書の名所　タイタン修道院

帰りつく大学街　ラグビー試合後の火照りが籠る街
いつ終わるともなくサポーターの応援歌が　遠く近く
いまセンゲニード通りを上がっているカーディフ　自室から
夜の異郷に鍵を下ろす　キャンパス外れの大学の宿舎

みんな出払った後の香辛料は　ドクター・S
天井から祈禱中のドクターの木靴が響く

祈りの靴音で家が清まるなどと　いびつな論理で
異人種　異文化の　人の世の渦が宿舎を巻く

大学院のアシスタントになったものの　私も蛇行中
予定していたライティング・コースは　閉鎖中
目的を一つ奪って　夜間の外出は危険だとまた一つ
夕方日差しがあるうちに　公園の巨岩サークルをめぐる

タフ川は浅瀬に水紋を　ロザリオを手繰るように流し
カーディフ城の足元を聴罪師のように回って
夕潮が引く砂洲に　着古した修道服の裾のような襤褸を広げ
海にそそぐ　比喩の散歩で故郷のように親しむ川

テッドが暖炉を開けに来た　掃除すみの新しい季節

天窓を開けて　孫たちと同じタイムゾーンの夕陽の光束が
滑る下で　光線が折れ曲がる角度が鋭く入り始める日暮れ
夜の屈折を深めて　ヴィトゲンシュタインを読む

カーディフは　彼が住んだスウォンジーの隣町
ヴィトゲンシュタインの伝記は　ベスト・セラー中
彼の声がまだ響き残る家から　海辺から　論理と哲学が
詩人の頭脳を渡り広まり　ド・コーニンク*理解に導いてくれる

＊　ヘルマン・ド・コーニンク
　ベルギー・フランドル　20世紀の詩人
この時、私は彼の詩集を翻訳中だった。

夕暮れ　その2

「ガクッ」と　背骨が崩れる睡魔のとき
他人の部屋の棚に置く　私の天道虫時計
鳴り出すかと　夢の棚をとっさに払うと
破損した時計の　赤い羽根が床の上で回り出す

苦しむ羽は　むしってしまう　長い暗い冬の時間を
苦手な虫は　鎮まるべきだ　さすがイギリス製
すぐにヘルプが来る！　ランドレディーの　ノック
「どうしたの？」

「いえ　何でもないの。時計には　あなたの家に
騒音をまき散らさせないわ」
「あら　ありがとう。おなか空いたでしょ？」
「ええ　もうオードゥブル　食べすぎた」

「あら　なにを？」「空腹のこと　最高のオードゥブルよ」
「あら　あなたのおなか時計　うちにぴったり
ディナーにおりていらっしゃい」
「よろこんで」ランドロードは　美味しい匂いに浸っている

「世の中は　時計じゃない　ぼくたちのおなかで
まわっているんだ」待ちくたびれているみたい
「だれかが　私を待っている夕食って　うれしいわ

旅なのに」「君の旅には　いいことあるぞ　ここで！」

はじめにサラダ　マッシュド・ポテト　ビーフのビール煮
「ヨーロッパにくると　ジャガイモの夕食が　うれしいわ」
デザートはトライフル　ドライ・フルーツ　カスタードの層
美味しい井戸を掘っていると　食卓に遅い涙が到着する

道連れ・夜明け

ふと目を覚まして　目ざまし時計の天道虫を
壊したことを思い出す　悔いはない
なにより有能な道連れは　旅でシャープになった自分
この程度で　立派なトリックスター

予定に乗り遅れる夢に　あわてて
待ち合わせ駅を間違える　サークルライン
枝の線路に入って　一瞬にして捨てられる郊外
それが早道と思って　飛び込んだ荷物預け所

チェンジ・ビューローと勘違いして
窓口で言いわけ　自分が納得するまで手間取る
この国をスマートに住みこなしたいけど
傍にいる無傷の日本人は　手も足も出さない賢さ

「違うと思ったわ」口はあとから出す
「それならそうと教えてよ」
「そちらが間違えたからわかった」
「それなら　あなたも失敗してみたら」

道連れは　ソリフルの街中の歩道で泣きだす
イギリスまで来て　賢さがコチコチの日本人
わたしの愚かさは隠しようもなく　背負い込んで

ずっと案内しているなんて　馬鹿はなおさら割を食う[*1]

「気を付けろー」　真後ろに声が走り抜ける
固い頭をぶつけるくらい　身のためだと思えばいい
ここでは何事もないのは　人が欲しがるものじゃない
錆がついて初めて貨幣に　値打ちが出る[*2]

＊1　ゲーテ『ファウスト』第二部第一幕メフィストフェレスのセリフ
＊2　同第二部　第二幕ターレスのセリフ

ヨーロッパ・夕暮れ　7月のケルト

欧州の旅は　孫たちと一日ゼーランド　低地国の海辺
宮殿を見慣れている孫たちの　城作りを楽しみ
ひとり海峡を飛ぶ　ブリテンの森林地帯ブリストル空港
いつも夕暮れが美しい　私の　途上の丘

海上橋からワイ川沿い　タイタン修道院
ワーズワスの詩は廃墟の名所で　文学へ近づくWales
州境の森の梢に没せんと　巨大なり　日輪
夜泣き鶯ナイティンゲールが　針葉樹林で啼いている

この甲高い囀り　ロンドン・ハムステッドの　朝の庭で
キーツの胸に疼痛を与えて　オードの詩作に誘った鳥
痛みは詩のことだけじゃないこの時期の　ヨーロッパ
絶えず水源の混ざり合う痛みを　分け合っている

国も言語も違う同士が　もっとも強く結ばれる家族
驚くことはない　ベニートが　アントワープで私に
手帳の切れ端にでも書いて　伝えたかったメモ
１９１５　oorlog　１９１８　フランドル語で世界大戦

大戦のとき　ベニートの父は戦場で病気だった
家族は戦場に薬を送った　薬は敵方の手から　父に渡って
無事生還　なんというHumanity！　感動百年目の２０１８

私たちは家族として会い　マリアと私は抱き合って泣いた

毎年7月　ヨーロッパはブリテンも　フランドルも
赤いポピーを胸につけ　戦没者の墓域が針葉樹林なら
哀悼のラッパの音を梢まで立ち昇らせ　孫たちに伝える
夕暮れを　読み　書き　途方に暮れる明日を　遠ざける

どこから来たの？

ジュンが生れて　どこから　来たの？
ママが聞く　パパが聞く
わかっているでしょ　と言いたげに
ジュンはまず自分で大きな声で笑いだし　みんなを見回す

お兄ちゃんも聞く
どこから？　って　同じところじゃないの？
まだ言葉がわからなくても
出会ったことがただ嬉しくて　家族

何見てるの？　見ているだけで　嬉しくて

あのとき　オーマのパパ　君たちのおじいちゃんは　君たちをもう　選んでいた
あのとき　一番神様に近い人だったから
ジュン　君がここでオーマと会うことを　おじいちゃんはわかっていた

オーマが　離婚する決心をして　君のパパに話したとき
君のパパは言った。「してもいいけど　そうしたら
ぼくは　パパとも　ママとも　もうつきあわない！」
君のパパを　オーマの離婚が原因で　ひとりで暮らさせるなんて
オーマは自分のことなんかどうでもよくて　離婚を諦めた
オーマのパパが決めた結婚を　ずっと我慢した
そしたら　お兄ちゃんと　君が来た

オーマのパパは　オーマの結婚を決めた人だから
オーマは　心からリヴェンジしたかったのに
こんなに悲壮な我慢をオーマが続けると　思っていなかったでしょうね
それで　お兄ちゃんと　ジュンを　ご褒美にくれたと思う
オーマは最後までオーマのパパと住んだ　オーマには一番謎の人
リヴェンジは大きな謎になった　君たちは可愛い罠だよ
ああ　なんと長い時間がたったのだろう

ヴィラネル　Villanelle

ジュン　愛しい孫

ジュン　一緒に過ごせて　よかった
君は今週パパの家だった　来週はママの家だね

君のパパとママの離婚を　オーマは賛成するべきではなかったと思う
まだ小さいキミに　一週ごとに二人の家を行き来させて
でもそのおかげで　今週はパパの家で一緒に過ごせた

オーマは　いつも学校のそばのお肉屋さんに買いものに行く
君に会えたらいいなと　オーマは学校をのぞく

来週きみは　ママの家だから
オーマは買い物のあとも　お肉屋さんから外を見ている
見つけたら大声で泣かないで　手を振ろう　ママの家へ行くの見てるね
きみのおかげで　今週一緒に過ごせてよかった

きみは偉い　まだ小学生なのに　ばらばらの家族をまとめている
下校のころ　オーマがお肉屋さんに行くこと　フヘイム内緒にしといてね
来週キミはママの家　猫のトリクシーによろしくね

パパとママのために　君はひとりでこんなに苦労して
会うたびに　魅力的なフランドルの少年になっていく
ジュン　一緒に過ごせて　ありがとう
来週オーマはヤパンに帰る　またすぐ来るね

フランドルの風　マクシームのために

フランドルの　平野の
緑豊かな森
吹く風は　音楽

木々の名前を　フランドル語で呼びましょうか
ポプラ　ポプリエ
白樺　ビューク
ブナの樹　ハーヒビューク
若葉は　風に

あなたが好きと　歌っています

サッカー・コートのまわりの　ポプラは
次々に　梢を下げ
鍵盤を走る　ピアニストの手を演じています
白樺は
ピアノ・ソナタが通り過ぎる速さで
高い空に　葉群れを翻しています
ブナの木は　厚みがある木の葉の
通奏低音

ほら　風が　新しいフレーズを
追いかけています

フランドルなら風は　サッカー・フィールドの真ん中で
くるっとピルエット
サッカー上手な風の　見事なゴール！
森と風の　インスピレイション！
未来の風の　アスピレイション！

「せたがや歌の広場」で北條直彦先生が作曲してくださる。

ヨーロッパ　八月十五日　被昇天の祝日のころ

ソネット・シークェンス

夕陽が長い影をいくつも束ねる
夏のヨーロッパで　戸惑う時刻
地面を駆け回り　ボールを蹴っているだれか
私だって　誰に蹴られているか　わからない

蹴られていなければ　生きて転がれない旅のボール
赤レンガの破風の下に　濃密な家族空間があり
前世紀のベッドカヴァーが　ひんやり花野を広げている

やっと着いたのかしら　孫たちの夕暮れタイムに

ラジオでだれか　詩を読んでいる　この渋い声
ヘルマン・ド・コーニング　月が昇ると　緑が成長する
彼のグリーン・ラヴに　もう十五年　私の翻訳は繋っている

いつもここではそうだ　月が昇ると花壇の草が
垣根を越える　この国では詩人は農夫のように
秀逸な現実を耕す　いつ来ても長い夏の日暮れ

＊

西に沈もうとする日輪が　全く諦め切れないで
地平線の上を転がっている　その没陽から光の筋が

森の木々の幹を照らしながら　早すぎる闇のあいだを
やって来る長さ　それが夕暮れの長さと重なって

グリーン・イーヴニング！　刈り込まれた貝塚息吹の香りは
鋭く風に乗り　森から満ちて来る緑樹の香りは甘く
ゆったり　八月十五日　聖母マリアの被昇天の祝日が
カレンダーからおりてくる　ベルギー・フランドル

家の垣根の伸び放題を　私のやり方で切れば
植木を切らないこの国では　ご近所の警告で
紳士的な警察が　しばし車を止めているらしい

いいわ　クリスマスとも　イースターとも違う　街中
きりっと香るみどりの香りは　我が家から

被昇天の祝日を迎える準備を　夕風に乗せる

＊

中世の水城はゼラー城　やっと城の門が見えて
ドンジョンへ近づくと　時の深さの知れない水を巡らす堀
その上にかかる石の　城の頑丈な入り口の扉までの橋
放たれている巨大な犬たちが　右往左往して私を見る

犬の中で躾けられた　生まれつきの獰猛さと
賢さが見え　石橋ですれ違うと　ふいに
光る鼻先を翻して　聖母マリアの祠の前へ戻って行く
しなやかで身の引き締まった　犬たち

「水堀の周りを　城の表の入り口までひと回りした？」

「犬がいたから　入って行かなかった」

「うん　それがいいよ　こんどいっしょに行ってあげる」

犬たちは　森の限界をよく心得ているのだろう
住人も何処の犬か　犬はどこの住人か知っていて
森の城の　聖母マリアの古風な祈禱所に　人は額ずく

＊

確かに私は　犬にも劣る　自分の困ったときにしか
祭壇の前に坐らない　その貧相な信仰を　犬は見抜いて
鋭い彼の臭覚で　私から何かを守っているらしい
犬にさえ自分を偽れない　現に去年逃げ帰った私

アントワープ・カテドラルの被昇天のミサから
席を予約してくれた　信心深い人たちに
交じる自分を許せない　ミサの大合唱に
酔う自分を許せなかった　千載一遇のチャンスと知りつつ

マリア様に返上するように　帰国を決めた
今年は　城の周りの散歩と　犬との遭遇に近づき
ただ　ディラン・トーマスの比喩には　驚きっぱなし

リンゴの木が緑であるように　ぼくは元気いっぱいだって
特別じゃなくて　かれの比喩　リンゴの村で　僕は
リンゴの王子だなんて　比喩にも故郷があっていいわ

＊

グリーン・マンは　樹液がたっぷりで眼を開く
空の雲が力強く動き　旋回するのもこの時
見て　もう天地が特別な女人　キリストの御母を迎える
ふいに祈る手を合わせたくなる　神の御母とならとくに

雲が湧きあがり　高鳴る祈りに　衣擦れの音が伴うように
信じがたいことを信仰にできるのが　まだ青い地球
信仰を枯らそうとして　切り詰めれば新たに芽吹く
私のような　落ち着かなく　さ迷うグリーン・ボール

カトリックの祭日と関係ないと　現代人は言うけれど
緑のボールは　天地の霊の動きに敏感だ　フランドルで

青空に「マグリットの鳩」が翼を広げて飛ぶとき
青空の奥でパリッと　雷鳴がはじける
豪勢な夕立で　素足に冷気の粒が当たるほど空気が冷やされ
ホルテンシア*の白い花房が　夕方を甘く香らせる

* ホルテンシア　アジサイの一種

*

夜はカラッと晴れ上がり　肌に染みる月光
ルナティズムの夜は　雲の層が空に重なり
月の在り処を霞ませると　月光をたっぷり挟んで
雲のミルフィーユが現れ　天地に供えられる

こんな美しい月の夜　人は自分にもらった感性を見出す
無感覚でいられない祈りの心で　しーんと沈黙に耳を傾け
目は　自分の心から祈りのフレアが引き出されるのに　驚く
自分で心して育ても　捨てもしない　心が祈る

祈りって　心を全部明け渡すこと？
祈りの言葉を唱えると　雑念ばかりが出てきて
罪深い言葉で汚さないように　顔を祭壇の方へ向ける

心を明け渡すって　何も願わず　何も思わず
心の方向だけを　日常を越えるものに　向けること
静かに息をして　月の息をかりて　包まれてあること

＊

垣根を越えて伸び出した　タンポポの茎
丈高く　中は空洞で　手で折るとパキッ　空中に音が抜ける
伸びた猛々しさがもっている　折れるともろい　太い茎
人間を超えたタンポポは意外なやり方で　釣り合いを生きている

緑の蔦が曲線に　光と闇を巻き込む　ケルトの植物模様から
ヨーロッパは　どんな心で　キリストの御母の物語に解けて
被昇天の絵画になったか　この時期のヨーロッパだから
名画になった天体現象だと　いつも思い　感心する

キリスト教　カトリック教会の伝えるところ　まさか人間が
ひとりの女性が被昇天なんて　でもフランドルでは

柔軟に　緑のエネルギーと　この時期美しい月の出を楽しみ
被昇天がカレンダーであることが　自然と合致して近づき　期待し
見届けて　救われる魂を差し出して　天地と深呼吸をして
自然の恩寵を楽しむ　ベルギー・アントワープの　空

*

高速道路が長く　少しずつ傾斜する　メッヘレンから
空は大きく　開け渡され　月を煌々と昇らせる
月が一つしかないことに　思わず感動するこんなとき　全天から
輝きを引き寄せる月　ダンテの「神曲」を思い出す
天界圏にたどり着いたダンテが　ベアトリーチェを振り返ると

歓喜の顔がますます赤い光に照らされ　感極まった様子
透けるような白い肌を持つ　ベアトリーチェの顔の
この時の赤さは　火星天に到着する興奮で　紅潮している

月天から火星天へ移動する速さが　顔に昇る赤光の　照り返しで
語られるなんて　ダンテは凄い！　ルーベンスの絵画では
聖母はようやく人々の手で頭上に支えられ　手を離れると

その姿勢のまま　冠を高く差し出して待つ天使の高さまで
昇られ　聖母の緊張した面持ちからこぼれる微笑みで
一瞬天界がホッとし　魅了され　花開く　被昇天の喜び！

＊

アヴェ　アヴェ　アヴェマリア！　海の星　サリュー！
私はかつて　世界中の巡礼団に加わって　ルルドの谷で
蠟燭の炎をかかげ　誘い合い　場所を譲り　途切れることない
行列を確かめ　歌い　祈り　ここで途切れても　あちらから

歌い継がれる　永遠のルルドの歌の中で　顔を紅潮させていた
一度の経験が　心に幾重もの感動を　波のように増幅し続ける
信仰は　ここで気持ちが萎えても　必ずいつかあちらで
続くことを　常備薬のように思い　伸びたチースの糸が切れても

また温めればつながるように　私のテーブル所縁の比喩で信じ
改心なんて自尊心を傷つけるように呼ばないで　有象無象と
無信仰者を平気で呼ぶ　信仰のエリートたちよ　私は落ちこぼれ

それゆえ　聖母マリアの慈しみが一番必要な　ダメ人間
アヴェ　アヴェ　アヴェマリア！　カテドラルの聖歌隊が
オクターヴ声を高める日　カテドラルの外で泣く　幸せもの

ウェールズのナイティンゲール

Wales の博物館に毎週通う　願ってもない人生
家族を離れてひとり　博物館の地下の食堂でランチ
今夜はどこで　月が夜を割るのを見よう　タバコはどこで?
夕焼けのフレアを見るために　荒れ野を歩き回る

大抵は　カーディフ大学のキャンパスの外れ
ナイティンゲールが　針葉樹の林の中で啼く
闇の中の姿のない　鳥のさえずりを聞く喜びを
キーツは　自分の心の中に起こるどんな変化よりも　鮮明に

仕分けて　書き分けて　いちばん鋭く心を刺す疼痛まで
書き分けたとき　突然方向転換をしたように
喜びを書き始めた　あざやかキーツ　ヤーヌスの詩人

君は素早く　花の蜜が蜂に吸われて毒になることを書き
臨終の胸の上のデイジイが　翌朝　日の出とともに茎をもたげ
満開になる芝生を　自分の死後の世界と呼び　この世と切れずに逝った

絆創膏《ばんそうこう》・テロ　ブリュッセルにて

空港の正面　額がテロの攻撃にあった
巨大なガラス窓が　爆破され
降り注いだガラスの破片
大勢の人の命を奪った
空港の一階　二階　全面
負傷者と同じ　巨大な絆創膏の処置になって
一か月　二か月のちまで残り
後から空港を利用するパッセンジャーは
バンド・エイド・テロに襲われる

到着してもいつものように
空港の到着ロビーには　立ち止まれない
バンド・エイドの喪章の下で　テロ後の空港

もう　はがしてもいい？　まだだよ

排除されても通行禁止が　深く空港を停止させている
空港出口まで　狭い通路を矢印で歩き
出口に立てば　入り口でもある
広すぎる道路の向こうで待っている顔　顔に
一歩踏み出して
探して　私を！　私を　到着させて！
いつものように　ハグとキスに
手を振って　どちらが先に踏み出すか

その瞬間が狙われた

絆創膏　はがしてもいい?

震える手ではがす絆創膏の下は　まだうす皮
グラン・プラースでは　花絨毯のお祭りで
人間の皮膚のように咲いた　ベゴニアの花が並んでいる
私たち　立ち止まらない
あしたは　お日さまをひと片　額に貼って来よう

Ⅲ

鎌倉

やぐら

谷戸の道はいつも　追われるものが走ったように
くねりくねって　落ち葉の下にもぐる
赤土の崖にえぐられた四角い鑿跡「やぐら」
五輪塔が重ねられて　鎌倉を演じている
揃いの赤い前垂れで　地蔵は石に還れない

八幡宮

木漏れ日がくすぐったい？　白い犬
きざはしにひっくり返ると　イチョウ樹から
黄葉がひとしきり散り　千年向こうが透かし見える
頼朝が兜にしのばせた御仏は　人目を陳列棚に集め
大太鼓が打たれても　物見高い眼に晒されている

国宝館

閻魔も菩薩もここがふさわしいのかしら？
国宝館の入り口で閻魔の一喝に合い　人は沈黙
内側を鎮めてもらうのを　しばし立って待ち
阿弥陀仏と高僧の車座の真ん中へ進む
大覚禅師の瞑想は　かく守られてある？

段かつら

政子の安産を祈願した段かつら
八幡宮から見て先細りに築かれ
それで海へ向かって　建てられた鳥居
きょう　一の鳥居に　登場したサブリナと秀樹
我が家の恋人たち　辛かった此処の暮らしは　私が耐えた

由比が浜

段かつらは　供華に四季の花々を揃えているか
果てない海で　挽歌を歌う波が引き上げる　季のない花
七里が浜に　置いていく　なでしこ
静のまいまい　べんけい貝　まつむし　きくのはな貝
波の下の　海の底こそ　永遠の都なれ

新年の海

T詩人*が詩集『新年の手紙』で書いたように
大晦日の夜、光明寺で鐘をついて
材木座海岸に出てみると
海は本当に　海苔粗朶のかなたに退いている
T詩人は砂浜を沖へ向かって　どこまでも歩いた

私は息をのんで　干上がった海に立っていた
いびつなオリオン座が沖に傾き
夜目にも白く　沖に潮がフリルを連ねて寄せている
海が　これほど引くか！

まるで　天啓の許に引き出されたよう

身辺をきれいに整理して
巨大な　新年を迎える決意そのものをうながす
今年をどう歩くかを　出なおせと
たとえば姑を置いて　夫の家を出ても
そういう再スタートもあると

新年の海からの内密な声　声に逆らうのも従ううち
このときを最後にもうなかった　人生に関わる選択を
天啓の広大な新年の海から　受け取ったのは
始まったばかりの人生だったので
私は　呆然と彼の選択に動きを封じられていた

＊　T詩人　田村隆一

かまきり

部厚い闇を　突き破って
幅広い羽ばたきで　かさっと網戸に
かまきり　緑色の四本の足を　不器用に畳む
メガネのフレームなら　私は丁寧に畳んでいる

君は　構えなしで　即座に坐り
羽は　葉裏の透明な網まで　自在にならない
おさまりの悪い羽の角を　突き出し　興奮したまま
鎌で口まわりを拭う仕草　美味しい物のあとかしら

三角頭を振る　食べることは　勇猛残忍な物語ですか
人間の火に向かって飛んでくると　図鑑は言う
君ら虫が　餌を取るほかに関心を寄せる　人間ってなんですか

不敵に顎をしゃくり　養う生身の腹のなんとふくよか
雲かくれにし月に　鎌を翳せば匂う　匂ってくる
餌の方向と距離に　メガネをかけ直しますか

「せたがや歌の広場」で、北條直彦先生により作曲される。

供物

カラスアゲハのフラナガン
これで三度　蝶の道を
垣根の端から端まで　探している
リーはどこ

垣根には藪からし
手の甲の形に五葉の葉を広げて
白い粒と桃色の粒の
干菓子のような花を盛り合わせ
供物にして

カラスアゲハのリーが描く蝶の道
どこですれ違って
フラナガン
二羽がそれぞれのタイミングで
美術館の絵を見て過ぎるように
図書館の本の背を撫でて回るように
立ち去っては
戻って来る

無名への供物を
懸命に運んでいる
横ばいの
藪からし

秋の光

ぼくはここにいなくなっても　だれに気付かれるだろう
紫小菊の花群れに潜って　ふと思った
もう目いっぱい持っていたので
手放す場所は　ぼくたちが戻る巣のなかだ

風はいつも吹いている
ほら来た　羽をひろげて乗っていく
そんなスタートあるはずがない
飛ぶタイミングを測るなんて　蜂にはそんな余裕がない

仲間がひとり殺虫剤に見つかっていただろう
黄金色の腹をした　ほれぼれみごとな奴だった
羽音がけつまずいて落ちた地面を汚染していく
花から飛び立つところでぼくも薬の網の下　浴びた

ウィリアム・ブレイクの老人　甲府駅の証人

強風に息継ぎが来ると「山の上は吹雪いていています」
タクシー運転手は　答えを用意していた
閉まるドアを　両手で押し返す私の
ふいに全力をチャージされた理由
なぶられる盆地の　人事一切れ

ああ　こんな日だろうか
ウィリアム・ブレイクの老人が
下界を見下ろして　白い顎ひげを靡かせるのは

老人の眉毛を吹く　多量な雪風
せり出す肩の雲海
盆地の人事に　彼が操るコンパスは　天災だ
強者と弱者の雪あらし！
ブレイクの詩が　おさまらないで暗唱される嵐
なんと　虎を打ち出す鍛冶は音高く
「タイガー　タイガー　バーニング　ブライト
虎　虎　燃えて　夜の森」
繁みに　子羊が眠っている！
虎と子羊を　平和に豊かに鎮火させて
一分の狂いもなく　よく見通しなさい
子羊の背中を撫でる　優しさや
無神経や不注意な動作を慎むことは
ひと・男　あなたにとってなんですか

出かかったスノードロップスの芽を
竹ぼうきで掃いたのは　コンパス老人の成れの果てですか？

たかが球根じゃないかと　あしらう狡さ
ひと茎に一輪　白い花片を二枚重ねて開く花
積もった落ち葉を押し上げる　スノードロップス
あの花は　ひとに決して顔を上げないのを
ひとは恥じるべきだ
花咲く日よ　いのちを惜しむ時間
「たかが球根」ゆえカーディフ大学のキャンパスから
日当たりのいい崖で　霜柱が崩れ奏でる響きごと
掬い上げて　持ち帰り　育てていた

コンパスが狂う　こんな風の日に

生きる張りを失うわけにいかない
甲府駅でタクシーのドライヴァーは
私がどれほど必死で　ドアを抑えたか　見たはず
なにをドアのむこうに抑えようと　タイガー
世の中で　負けてはいけないと思うものに
私の力は浸みこむ　いずれ力は尽きるとしても
それが　私がこの世で覚えた
罪を犯さないいちばん低い所からの方法だから

ペット・ボトル

改札口からほどけて来る一人を待って
背伸びの中に立っていた

ペット・ボトルはもう水が
くるぶしの下で草臥れていた

「待ったよ」　ふいに
肩に手が置かれる

「あら　待ったのはわたし」と言おうとした
「いいよ　いいよ」が先だった

妙なことを聞くものだ
わたしが許すはずだった言葉で
わたしが許されてしまいそうで
言葉の切り口を折り曲げる

そちらのペット・ボトルはまだ道祖神のよう
汗もかいていない

いいわ　デートはいつも申告時間にしましょう
よくぞ　ご無事な水の神様　栓を抜かせていただきます

アフリカの月の下で

アフリカの月の下で　ともに過ごした夜

砂漠に　あなたがいて
真っ赤な夕日が藪の向こうに沈むまで
あなたのオートバイで　追いかけた
（あれは）青春　アヴァンチュール

アフリカの月の光に
あなたの手の　黒い紋章のわけを尋ね

てのひらに埋めた白銀の球を見た
ああ　あなたは「月の子　龍《りゅう》の子」
人間の愛を拒まれてある人

アフリカの月の光に　読みあてたボードレールは
『今宵　なにをか告げんとや』……「美《うるわ》しき君」
君は美しくいませば　我らに命じませ
美しきもののみ愛せよと
君は天使　ミューズ　マドンナなれば
美しく　心を保ってよと

あなたが受けたマドンナからの試練
心の薄い膜を踏み破ったら　二度と球は光らないと
私が受けた　ミューズからの詰問《きつもん》

心の薄い膜を踏み破ったら　二度と詩をもらえないと
私は　感動し……絶望して泣きました
ふたり　この時しかない時に耐えて
ボードレールを閉じました

２０１９年、「せたがや歌の広場」
鈴木重夫先生がシャンソンに作曲してくださる。

さくら・花文字

さくら　さくら
きのう　きょう
空にかがよい　咲き満ちる
花弁は　くっつきあわないで
ひと片　ひとひら　水平に
ただ全体に広がって　白く咲こうとしているよう

日が陰ると
花びらは　蕾の形に閉じはじめ

触れ合いながら　中空に
触れ合う花びらが重なると
ようよう見える　さくら色

私のペンは動いて
「ジュ《Je》　テーム《táime》　いとしい　あなた」へ
ペン軸の角を傾けながら　フランス語で
名前を明かせない人ですから
想い余さず　躊躇わず
しのぶ思いは　色に出て
息継ぐ風に乗せて書く
これなら　生きていけますと
こうして生きていきたいと
私を知っていて　ほしいのです

せっかく滲んだ桜色
伝えるための花ですから
私は愛していましたと

「せたがや歌の広場「詩と作曲の会」」のために。

地球の片隅で守る言語

小松弘愛氏に

1

2014年9月
中四国詩人会・広島大会in尾道
記念講演は小松弘愛氏「地方で詩を書くということ
……片岡文雄の詩を中心に」

ハンドアウトの一篇は

詩「はちきん」（小松弘愛詩集『ヘチとコッチ』より）
「はちきん」は男まさりの元気な女の子
たとえば青木玉さん　鯉のぼりが欲しくて
空から降ろされた「緋鯉のお腹」に潜って
ようし　上げて！　待って私も！
奇想天外圏を抜けて　ベルギー
ド・デュール川に落ちましたね　玉さん
川から揚がった魚のお腹に　褐色の女人

日本なら「鯉観音」　こっちでは「黒マリア」
いろんな他者を抱え込む　女人ペルソナ
とびきり奇談の持ち主は　嫌でも脇祭壇に立たされ
私　ブリュッセルのサブロン教会で会いました

次はルネ・クレマン監督映画「禁じられた遊び」
土佐版（片岡文雄詩集『はちきんの唄』より）
土佐語をしゃべるコレット

あんた
こっちへ　来ん

この
あいか

うん
あんた

行て

どうする？

（中22行省略）男の子は「ポチが死んで」泣いたのを
「はちきん」に見られた。いっしょにポチのお墓を作ると、
「はちきん」が

こっちへ
ぎっちりひっついて

何言うて
おがむか？

あんたの
およめさんになれるように。

あれ！　コレットは「はちきん」だ
「あい」の舌に　プロポーズをさせ
相思相愛で　ポチに契ってもらう
まっとう健全なアニミズムにやましさなく
人生の再仕切りも叶いそう　あっぱれ
パロール　縁結び犬を黄泉へ送り込んだ
まだ尻尾なんか無くなったと聞こえない

この詩　構文シンプル「訳す？　ネイ」
オランダ語ならうちの孫たちすぐまねる
子犬はめったに死なないし
死んだらの話で　お墓は立たないけど
ベルギーで鐘塔つき大聖堂を持つ街で

塔の下の通過儀礼に　私も数えられている
川のマリアめでたし　もし縁結び犬が
性に目覚める男の子たちの　求愛ゲームに
出てきたら　地域校へ呼び出され
子供に半分流れる日本人の血に免じて
南海の小島のアニミズム大目に見てくれ
はちきんの向こう張って　わたし
オランダ語で開き直る　きっと！
いざとなったら　得体の知れないものまで
体を張って　守るなんて
一体なんだろう　一体なぜだろう
ふいに切なく私は　歩く地球の片隅だ

2

いよいよヨーロッパに近づいたＳＡＳ機内
飛行航路地図に「西シベリア低地」と出る
北回りで　地球の「低地」を飛び
まさに国名も「低地国ネーデルランズ」に降りる
飛行機の窓から　下を見ると
夏のシベリア低地のメロンパンのような罅
罅の間に蜜のような光が侵入している
そこをくしゃっとつぶすと　罅は沼地
無数の島に寄せる波は　白い蓮の葉のよう

低地を調べに　街の図書館「ホブビブ」で
「サイベリアン・ローランド」というと

図書館員は「シベリアン・ローランド」
あら！　英語読みしない　低地国の矜持
わたしのオランダ語が陥没した
「教育が中央権力化すると　地方の少数言語が滅ぶ」
小松氏の主張がすとんと落ちた
「私は　権力化した英語の傲慢さに毒されていました」
小松さんに告白する　世界中を英語で歩く無知
無教養を　ここは素通りさせない

我が家では　フラームス（フランドル語）
言葉は幼児から苦労させるのが少数言語圏
小さいジュン・アレキサンダーの場合
フランドル語で
「ヘット　イズ　カウト　イン　シベリア」　OK

英語　で
「イット　イズ　コウルド　イン　シベリア」！
ＬＥＤ電球のように　灯って繋がる発音

マクシームの場合
「ままは　ダーロムは　あるけど　カーロムはないって
いうの」少し深刻
この年齢では　よく誰かの国語を拾ってくる
「カー」はフランス語　ロム「オム」つけても
フランドル語にならない
アロールそれでは　この言語　「オーマがもらう」
「ぼくにも上げて　内緒で」
「上げて」は「ちょうだい」言いなおし

地球の言語遺産　片隅ひとつが
多方面から出て来る片隅と鼻突き合わす
言葉は子犬　そそうをしたら
その場で私も　オランダ語を正しくしつけてもらう
怠る片隅の浸水　低地国は身を挺して守る

（２０１４年秋　メッヘレン　尾道）

後記

　今回の詩集の編集は、なかなか納得できる形になりませんでした。人生のクルーシャルなモメント、それ以後の人生を決めるような瞬間を書いた詩篇は、それほどたくさんありません。その少ない小さな作品を集めて一冊にすれば、ページも少なくて済むし、詩も必要以上に並べることはありません。でも人生を決めるまでに経てきた様々な経験を、ジグザグと書いた詩のほうが私なのだと、長い間迷いました。四行詩シークェンスや、ソネット・シークェンスなど長編になりました。その長い歩行の傍らに、道端の草のような小さな作品たちを、肩の力を抜いて置きたいと思いました。

　今、詩集になった形が、最良とは思いませんが、もう手放さなければ、また一年は引きずることになるでしょう。一昨年も去年も、引きのばしてしまいました。今年はここで手放します。この詩集と合わせて、何事もない、雑草と簡単に呼ばれるデイジイをテーマにした小さな詩集を編んでいます。雑草とは言え、私にとってデイジイは、かけがえがない大切な草です。ミゼレイニアス、と英語でいう類の雑多な書き散らしのような、レメリックなどで、息抜きをしています。こちらを今回、組み詩集にしたいと思います。

長い間、お付き合いをいただきました皆様に、感謝申し上げます。ありがとうございました。今回の詩集のご挨拶でございます。

二〇二〇年　春から初夏　コロナお籠りの日の果てに

太原千佳子

ＰＳ　「それで、地球にみんないなくなった」というパンデミックから、
地球が救われますように！
救ってほしい人が、いなければならない人が、
地球には、沢山、たくさん、いるのです。

著者略歴
太原千佳子（たはら・ちかこ）
（一九三七　Tokyo〜）
聖心女子大学大学院英米文学科ＭＡ修了

歌集『麦藁帽子』一九八〇年
歌集『翼もつまで』一九八一年
詩集『物たち』一九八一年　現代詩女流賞
詩集『春の重さ』一九八四年
詩集『マダガスカル・ランバの唄』一九九二年
詩集『森への挨拶』一九九九年
詩集『いい日を摘む』二〇〇九年　現代ポイエーシス賞
詩集『シャワー』二〇一二年
評論『長編詩『サウル』を読む』二〇一六年
翻訳　Ａ・Ｓ・バイアット著　小説『抱擁』上下　訳詩担当
　ヘンリ・Ｊ・Ｍ・ナウウェン著『最後の日記』

現住所　〒一五八―〇〇九五　東京都世田谷区瀬田二―八―四

詩集　エリザベス

発　行　二〇二〇年十一月十日

著　者　太原千佳子

装　丁　高島鯉水子

発行者　高木祐子

発行所　土曜美術社出版販売
〒162-0813　東京都新宿区東五軒町三—一〇
電　話　〇三—五二二九—〇七三〇
FAX　〇三—五二二九—〇七三二
振　替　〇〇一六〇—九—七五六九〇九

印刷・製本　モリモト印刷

ISBN978-4-8120-2589-5　C0092